白光诗选

常春藤诗丛

吉林大学卷

李占刚 包临轩 主编

白光 著

白光

陕西新华出版传媒集团

太白文艺出版社（西安）

图书在版编目（ＣＩＰ）数据

白光诗选 / 白光著． — 西安：太白文艺出版社，
2021.1
（常春藤诗丛．吉林大学卷）
ISBN 978-7-5513-1985-0

Ⅰ．①白… Ⅱ．①白… Ⅲ．①诗集－中国－当代
Ⅳ．①I227

中国版本图书馆 CIP 数据核字（2021）第 010524 号

白 光 诗 选
BAI GUANG SHIXUAN

作　　者　　白　光
责任编辑　　蔡晶晶
封面设计　　不绿不蓝　杨西霞
版式设计　　杨西霞
出版发行　　陕西新华出版传媒集团
　　　　　　太 白 文 艺 出 版 社
经　　销　　新华书店
印　　刷　　三河市双峰印刷装订有限公司
开　　本　　787 毫米×1092 毫米　1/32
字　　数　　87 千字
印　　张　　5.45
版　　次　　2021 年 1 月第 1 版
印　　次　　2021 年 1 月第 1 次印刷
书　　号　　ISBN 978-7-5513-1985-0
定　　价　　45.00 元

一座城的诗意纯度
——《常春藤诗丛·吉林大学卷》序言

　　城市是一部文化典藏大书，其表层和内里都储藏着大量文化密码，需要有文化底蕴、有眼光的人去发现和解析，将来还可以通过引入大数据手段来逐一破解。譬如，长春就是这样一座城。吉林大学等高校的大学生诗歌创作群体及其毕业后的持续活力所形成的高纯度的诗意氛围，使得长春在中国文化地理版图上扮演着不可或缺的角色，称其为中国当代诗歌重镇，毫不为过。呈现在眼前的这部诗丛，就是一份出色的证明。

　　20世纪80年代以降，以吉林大学（以下简称"吉大"）学生为突出代表，涌现出了一批长春高校诗歌创作群体。他们的深刻影响力、持久的创作力，为长春注入了经久不衰的艺术基因和特殊的文化气质。只要稍稍留意，就会强烈地感受到这一点。

　　诗歌不是别的，而是形而上之思的载体。这是吉大诗歌创作群体的一个共识和第一偏好。对诗歌精神的把握近乎本能，将其始终置于生命与世俗之上，成为信仰的艺术表达，或其本身就是信仰，在这一点上从未动摇和妥协，从未降格以求。这，让我想到了一个词：纯粹。

是的，这种高度精神化的纯粹，对艺术信仰的执念，对终极价值不变的执着，成为吉大诗人的普遍底色。几十年来诗坛流变，林林总总的主张和派别逐浪而行，泥沙俱下。大潮退去，主张大于作品，理论高于实践的调门仍在，剩下的诗歌精品又有几多？但是吉大诗人似乎一直有着磐石般的定力，他们将灵魂立于云端之上，精神皈依于最高处，而写作活动本身，却低调而日常化。在特立独行的诗歌路上，他们始终有一种浑然忘我的天真，身前寂寞身后事，皆置之度外。"我把折断的翅膀／像旧手绢一样赠给你／愿意怎么飞就怎么飞吧。"（徐敬亚《我告诉儿子》）这是一种怎样不懈的坚持啊！但是对于诗人来说，这却是再自然不过的事情。苏历铭说："不认识的人就像落叶／纷飞于你的左右／却不会进入你的心底／记忆的抽屉里／装满美好的名字。"（苏历铭《在希尔顿酒店大堂里喝茶》）这并不只是怀旧，更是对初心的一种坚守和回望。我同意这样的说法，艺术家的虔诚，可能不是他自己刻意的选择，而是命运使然。虔诚，是对信仰与初心的执念，是上苍的旨意和缪斯女神在茫茫人海中对诗人的个别化选择，无论这是一种幸运，还是一种不幸。不虚假、不做作，无功利之心，任凭天性中对艺术至真至纯的渴念驱策，不顾一切地攀上理想主义的巅峰。诗歌，是他们实现自我超拔和腾跃的一块跳板。吉大诗人们，就是这样的一个群体。

　　诗歌扮演的角色，在时代中经历着起起落落。当它被挤压到时代边缘时，创作环境日趋逼仄，非有对艺术本体的信仰和大爱，是不可能始终如一地一路前行的。吉大诗人从不气馁，而是更深沉、更坚忍，诗歌之火，依然燃烧如初。当移动互联网推动了诗歌的大范围传播，读诗、听诗和诗歌朗诵会变得越来越成为时尚风潮的时候，吉大诗人也未显出浮躁，而是不以物喜，不以己悲，保持着原先的步伐，从容淡定，一如既往。这从他们从未间断的绵长创作历程中可以看出来，他们的创作越来越与时俱进，思想和技艺的呈现越来越纯熟，作品的况味也越来越复杂和丰厚。王小妮、吕贵品和邹进等人笔耕不辍四十年，靠的不是什么外在的、功利化的激情，而是艺术圣徒的禀赋，这里且不论他们写作风格的差异。

徐敬亚轻易不出手，但只要他出手，无论是他慧眼独具的诗论，还是他冷静理性与热血澎湃兼备的诗作，都会在诗坛刮起旋风。苏历铭作为年龄稍小些的师弟，以自己奔走于世界的风行身影，撒下一路的诗歌种子。其所经之处，无不迸射出诗性光辉，并以独一无二的商旅题材，在传统诗人以文化生活为主题的诗歌表现领域之外，开拓出新的表现领域，成为一道颇具前沿元素的崭新艺术景观。他从未想过放弃诗歌，相反，诗歌是他真切的慰藉和内心不熄的火焰。他以诗体日记的特殊方式，连续地状写了他所经历的世事风雨和内心泛起的重重波澜。所以，在不曾止息的创作背后，在不断贡献出来的与时俱进的诗境和艺术场域的背后，是吉大诗人一以贯之的虔诚。这种内驱力、内在的自我鞭策，从未衰减分毫！

吉大诗人的写作在总体上何以能如此一致地把诗歌理解为此生安身立命的精神家园，而不含杂质？恐怕只能来自他们相互影响自然形成的诗歌准则，在小我、大我和真我之间找到了贯通的路径，可以自由穿行其间。例如吕贵品眼下躺在病床上，仍然以诗为唯一生命伴侣，每日秉笔直抒胸臆。在他心中，诗在生命之上，或与生命相始终。在诗歌理念上，他们是"六经注我"，而非"我注六经"。主观意象的营造，化为对客观物象的指涉；主观体验化为可触摸的经验；经验化为细节、意象和场景，服从于诗人的内心主旨。沉下身子的姿态，最终是为了意念和行为的高蹈，就像东篱下采菊，最终见到南山，一座精神上的"南山"。

但是在写作策略上，吉大诗人则又显出了鲜明的个性差异，可称之为复调式写作、多声部写作。在他们各自的写作中，彼此独立不羁，他们各自的声音、语调、用词、意境并不相同，却具有几乎同样不可或缺的个性化地位，这是一个碎片式的聚合体。不谋而合的是，他们似乎都不喜欢为艺术而艺术，而艺术背后的玄思，对精神家园的寻找和构建，对诗歌象征性、隐喻性的重视，似乎是他们共同的用力点和着迷之处。他们从不"闲适"和"把玩"，从不装神弄鬼，也不孤芳自赏地宣称知识分子式写作；他们对"以译代作"的所谓"大师状"诗风从来避之唯恐不及。但是他们的写作却天然地具备知识分子式写作的基本特征，那就是独立自为地去揭示生活与时代的奥秘与真相，发掘其中隐含着的真理和善。这一切，取决于他们知识结构的深层背景，取决于个体的学识素养和独到见地。他们的写作饱含着悲天悯人的基本要素，思绪之舟渡往人与天地的彼岸，一种无形的舍我其谁的大担当，多在无意间展现，所以想不到以此自许和标榜。例如所谓"口语化"写作，是他们写作之初就在做的最自然不过的事情，在他们那里，这从来就不是一个学术问题。

"口语化"运动本质上是个伪命题，诗怎么会到语言为止？诗歌是从语言层面、语言结构出发，它借助语言走向无限远。口语，不过是表达和叙述的方式之一，是一个小小的、便利读者进入的入口而已，对于跨过诗歌门槛的人来说并不玄妙。诗坛的常青树王小妮说："这么远的路程／足够穿越五个小国／惊醒五座花园里发呆的总督／但是中国的火车／像个闷着头钻进玉米地的农民……火车顶着金黄的铜铁／停一站叹一声。"（王小妮《从北京一直沉默到广州》）这是口语化的陈述，写作态度一点都不玄虚，压根就无任何"姿态"可言，它们是平实的，甚至是谦逊的。这既非"平民化"，也非"学院派"，但是我们明白，这是真正的知识分子式写作，这是在"六经注我"。这陈述的背后，有着作者的深切忧思、莫名的愁绪和焦虑，有促人深思或冥想的信息。

吕贵品、苏历铭的诗歌一般说来也是口语化的，但他们也从来不是为口语而口语。徐敬亚、邹进、伐柯们的诗歌写作，似乎也未区分过什么"口语"与"书面语"。满怀沧桑感的邹进说："远处，只剩下了房子／沙鸥被距离淡出了／现在，我只记得／有一棵蓝色的树。"（邹进《一棵蓝色的树》）伐柯说："一株米兰花在雪地主持的葬礼／收藏你所有站立不动的姿势。"（伐柯《圣诞之手》）这是诗的语言，诗的特有方式，他说出你能懂得的语言，这就够了。说到底，口语与非口语的落脚点在于"揭示"，在于"意味"。"揭示"和"意味"才是更重要的东西。而无论作者采取什么形式，这形式的繁或简，华丽或朴素，皆可顺其自然。所以，对于吉大诗人的诗歌写作，这是叙述策略层面的事情，属于技巧，最终，都不过是诗人理念的艺术呈现罢了。倒是语言所承载的理念本身，其深邃性和意味的繁复，需要我们格外深长思之。

当诗人选择了以诗歌的方式言说，那他就只能把自己的全部人生积累，包括他的感悟、经历、知识、生活经验和主张无保留地投入诗歌之中。吉大诗人对诗歌本体的体认上，在诗歌创作的"元理念"上，有着惊人的内在默契，这可能和一所学校的校风有着内在的、密切的关联。长春这座北方城市与北京、上海、成都、重庆、武汉都不一样。坐落于此的吉大及其衍生出来的诗歌文化，没有海派那种市井文化和开放前沿的混杂气息，也没有南方诸城市的热烈繁茂，所以在诗歌风格上从不拖泥带水，也无繁复庞杂的陈述，而是简明硬朗，显出北方阔野的坦荡。同时，与北京城的皇城根文化的端正矜持相比较，长春的诗歌文化也没有传统文化上的沉重负担，更显轻松与明快。用一位出生于长春的诗评家的话说，流经白山黑水之间的松花江，这一条时而低吟时而奔涌、气势如虹的河流，塑造了吉大诗人的文化性格，开阔、明快而又多姿多彩。所以就个体而言，他们虽然从共同的、笔直的解放大路和枝繁叶茂的人民大街走出来，但一路上，他们都在做个性鲜明的自己，一如他们毕业后各自的生活道路的不同。而此时，与吉大比邻的东北师范大学的诗人们，也沿着我们记忆中共同的大街和曾经的转盘路，徐徐靠拢过来。这里有三位——以《特种兵》一诗成名的郭力家，近些年来在语言试验上反复折腾，思维和语句颇多吊诡，似乎下了不少功夫；李占刚的单纯之心依旧，这位不老的少年，却总有沧桑的句子，令我们惊诧不已："你放下的笔，静静地躺在记忆里 / 阳光斜射在记忆的一角 / 那个下午，室内无边无际。"（李占刚《那个下午——致托马斯·特朗斯特罗姆》）；任白则是一位思考深邃、意象跳跃的歌者，他的那首《诗人之死》令人印象深刻，洞悉了我们隐秘而痛楚的心："我一直想报答那些善待过我的人们 / 他们远远地待在铁幕般的夜里 / 哀怨的眼神击穿我的宁静。"

所以，从长春高校走出来的诗人，有一种与读者精神相通和平等交流的诚挚，他们以看似轻松、便捷的方式走近读者、走进社会。其实，每一首谦逊的诗歌的内里都深藏着骄傲而超拔的灵魂。其本意，或许是力求一种不动声色的引领，将艺术的奥秘和主旨，以对读者极为尊重的平等方式，给出最好的传达之效和表达之美。在艺术传达的通透、顺畅与艺术内涵的高远、醇厚和深远之间寻找平衡。正是这样一种不断打破和重新建立的尝试、试验的动态过程，正是这种不仅提供思想，还同步提供思想最好的形式的过程，推动了他们诗歌创作的前行和嬗变。

这，应该是长春城市文化典藏中潜藏着的密码的一部分。诗歌的纯度，带给这座城市强大的精神气场。作为中国当代先锋诗歌重镇之一，长春的高校与上海、北京、武汉、成都等地高校的诗歌创作形成了共振，成为中国朦胧诗后期和后朦胧诗时代的重要建构力量，构成了中国当代诗歌一段无法抹杀的鲜亮而深刻的记忆。就诗人本身而言，大学校园及其所在的城市是他们各自的诗歌最初的出发地。现在，他们都已走出了很远，身影已融入当代诗歌的整体阵容当中。其中，一串人们耳熟能详的响亮名字，已成为璀璨的星辰，闪耀于当代诗坛的上空。我因特殊的历史机缘，对这些身影大多是熟悉的，也时常感受到他们内在的诗性光辉。他们在大学校园中悄悄酿就了文化的、艺术的基因，慢慢丰盈起来的飞翔于高处的灵魂，无论飞得多高远，我似乎都可以辨识出来。它们已化为血液，奔流于他们的身心之中，隐隐地决定着他们的个性气质和一路纵深的艺术之旅。

包临轩

2018 年 3 月 10 日

目录

辑二
我在你的梦中醒来

辑三
我总觉得有一只眼睛在盯着我

辑四
时代的裂缝

辑五
献给镜子里的我

辑一

我的一生只有一个幸福的下午

沿着我的目光往前走

沿着我的目光往前走

走过高粱地

再沿着我的目光往前走

走过牛圈

再沿着我的目光往前走

走过一片菜地

再沿着我的目光往前走

走过场院

再沿着我的目光往前走

穿过三座土坯房

再沿着我的目光往前走

走进灰黄色的小门

再沿着我的目光往前走

给狸猫喂一点食

再沿着我的目光往前走

是一个木头板凳

小芳生前的最后一个小时

就是两眼直勾勾地坐在板凳上

地铁车站

午夜
地铁车站长长的通道里
有一个瘸子
拉着一把二胡
江河水不紧不慢地流淌
把我身体能容得下的悲哀
全部掏了出来
我已经习惯了不带零钱
问他可不可以微信支付
这时来了一个保安
把我俩都赶走了

故乡

能为故乡做点儿什么
什么也做不了
我的记忆里只有饥饿
还有比饥饿更难受的妈妈的斥责

冬天那件薄棉袄
抵挡着刺骨的寒风
两条筷子一样瘦的腿
脚上穿着一双乌拉
只有尿　是热乎的

离开故乡的时候
一点也没有酸涩
南下的绿皮火车
带走一百八十斤肉坨

三十年后重新降落
还是那些砖房
那些见到生人就狂叫的狗
那些满口歇后语的大哥

胃是有记忆的
只喜欢柴火炖的菜
用两大碗抿一口烧酒
回味在胡同里滚铁环的欢乐

我能为故乡做点儿什么
什么也没有
早市上摆满了山楂　海棠
粥棚里飘出豆浆油条的香气
我突然想起了当年的一首歌

明年我要秋天回来
坐着火车　哐当
哐当着高粱玉米
风雨无阻　一路奔波

草原

草原上的云

没有一朵是重复的

懒洋洋的羊

迈着方步

嘶叫着一个永远重复的音节

坦然面对屠宰

完成生和死的交替

草原上的风

没有一缕留给自己

吹裂了岩石

吹平了山头

把绿色吹成黄色

也把一个又一个民族

融入一家

萨满

长生天
我从北部湾带来一块
粘满蚌壳的礁石
跪着砌进敖包里
奉献给蒙古人的萨满

呼伦贝尔的牧草
根茎是褐红色的
脉管里流淌着
牛的血羊的血马的血
和人的血

争夺草场的骑士
断刀埋进泥土
残裂的颅骨

盛满了雨水

千百年的杀戮
草原依旧生机勃勃
野花千姿百态　蜂蝶乱飞
覆盖着地球的表面
像一块被遗忘在箱底的丝巾

城市把绿色挤得越来越窄
但残留的牧歌　依然
能放映出往日的影像
长生天引领着牧人追逐水草
欢乐地繁衍　烈酒长歌

别人的风景

半夜起身赶到峨眉山
却遭遇了大雨

剩下三个选项
一是去吃水煮鱼
二是去茶馆里吹牛
三是赶去三苏祠
逗一下老同志

庆幸我选择了前者
酒是辣的鱼是辣的汤是辣的
一番回肠荡气
喘气都是辣的

傍晚　我一个人

搭车回到成都
山上的金顶佛光
那是别人的风景
我在意的只有
麻辣之后的
一小段孤独

我的一生只有一个幸福的下午

我躺在地球的皮肤上
任凭风　擦去额头的汗水

其实就是躺在草地上
嗑着报纸上的瓜子　枕着你的腿

我的一生只有一个幸福的下午
汽车停止喧嚣　你也闭上了嘴

我有足够的时间观察
一只吊在树上的蜘蛛向我靠近

像一个消防队员凭空而下
拯救即将被焚毁的孩子

再往上看　　空中有鸟飞过
脖子上是一圈黄色的羽毛

鸟的上方是飘动的云朵
云朵上面是空空荡荡的蓝色

我眯起眼睛分辨构成蓝色的粒子
是不是有一些逝者的灵魂

我的一生只有一个幸福的下午
和蜘蛛和鸟和天空对视

5月8日

5月8日　维多利亚港的晚霞

红得有些不真实　　但是

正好和我的血液对应

就像我的额头对应着山峰

肋骨对应着一排排垄沟

我和自然有一种纠缠

地球上不论哪里地震

我的心脏都不停地抽搐

如果太平洋刮起台风

神经就会嗖嗖嗖地放电

我想唱歌的时候

总会有一棵树

伸出树枝　　开出花朵

15

在我的头发变白的年月
东北平原大雪纷飞

一旦噩梦把我惊醒
月亮会闪出蓝色的光
夜空的云朵呈现出一串象形文字
暂时还无法读懂

我应该是自然的一部分
或许是私生子
被遗弃的我　身心疲惫
祈祷着天上弧光
让我的灵魂和肉身澄澈

硬币

忧郁和欢乐
是纸币的正面和反面
真没意思

我喜欢硬币　夜里
每隔十分钟
就丢进搪瓷盆一枚

当啷……
惊醒　再睡

当啷……
惊醒　再睡

当啷……

惊醒　再睡

当……
唧……
睡了……了……了……

纸鸢翻飞

纸鸢翻飞
风的拉伸
扭曲了红色

光线在边框上
镶了一个亮圈
短裙跳钢管舞

一柄没人打的伞
徐徐降落
天上人间

哦　竟然是
一个塑料袋
凌空飞舞

树

在水泥堆积的城市里
孤独的
除了高楼
还有我
和路边的树

最惨的
是树
已经清空了
关于森林的记忆

旁边那棵树上
一只毛茸茸的松鼠
瞪着贼亮的眼睛
窥视着人类的表情……

尽管树下

每天都发生

男男女女的嬉笑悲啼

可是街边的树

不感兴趣

蒙古简史

——写给邹进

蒙古高原

已经没有了骑马的英雄

成吉思汗的铁骑

一半去了欧洲

悄悄地改变斯拉夫人的基因

一半去了中东

改信了真主

剩下的逃到河套平原

学会了种地

最后一个孩子

赤着脚走到了北京

在卢沟桥边摆摊

卖书

回到过去看看

背着双肩包
脖挎照相机
在多彩的六月
吃一颗樱桃
然后转过身
回到过去看看

途中
拍一张照片
在相信爱情的年纪
胳膊吊在单杠上
稀稀拉拉的胡子
总是戳向明天

饥饿的童年

贫穷着快乐

每一次自行车铃声响起

都能臆断出

一个穿裙子的少女

跳"忠字舞"时

假装系鞋带儿

蹲着思索

这一辈子

可否把顺序糅乱

返回生命的起点

这一生

要好好地过

去可可托海

我有一个规划
去可可托海

租辆马车　驮着毡房
在白桦林中搭个院子
悠闲一年半载

带着狗
打发多余的时光
带一口水缸
接石头缝里的水
不带座钟　公鸡报晓
带几只母鸡下蛋
带上锄头
开块荒地　自己种菜

不带电视机

照相机里有足够的色彩

停了手机　一个人的流浪

不需要女友

临行前会告诉她

可以等我，也可以不等

我说不定什么时候回来

要带一撂生茶　送给哈萨克朋友

一把剔肉的刀子

一桶高度的烧酒

一个铁桶挤奶

停电了还要有蜡烛

买个新烟斗　第一袋烟

献给远方的雪山

中午在河里洗澡

准备一件军大衣

几件浅色的T恤衫方便自拍

带上遮阳伞和书

躺在河边读

身上散落黄叶

随身听播放二胡曲

看绵羊在音乐里撒欢

带擀面杖　面板　笊篱

自己擀面条　包饺子　烙饼

我已经迫不及待

去可可托海

预言今天

我在前世就跟曹雪芹预言过
今生的第两万一千九百零三天的中午
我会吃上一碗炸酱面
还有一个鸡蛋　几瓣大蒜
然后就有一搭没一搭地看看网上新闻
最后我会跟海明威通个电话
预言来世的两万一千九百零三天的中午
我会干什么

等你

我
等你
在时间
之外
等

辑二

我在你的梦中醒来

高原

我送给你一个
柔软的秋天

金黄的树叶在画面里抖颤
羊群在草地里跳探戈
高原的天　比深蓝还蓝

无形的风
梳理着发型
又到了坐下抽烟的时候

河里的鱼
观察着岸上的人
还写了一篇读后感

珠穆朗玛

喜马拉雅山上斜飞过来的
是白云
和白云的影子
白云的影子掠过青稞
青稞间走动着喘着粗气的男女

冰川在慢慢地消融
牦牛凝视着空气
夕阳给山体镀了一层金色
鹰在珠穆朗玛上空盘旋
窥探着地球以外的消息

我在你的梦中醒来

我薅了一把草　擦了擦鞋上的泥
蹲在柳树下　看晨雾散去
没洗脸的农妇一个个出来
抱柴　生火　回到了平常的日子
村口那栋没人住的老房子里
依然装满了闹鬼的故事
我拼命地晃了晃脑袋
还想回到你的梦里

栗色马

立秋的那天
我骑着栗色马
从呼伦贝尔出发

马蹄磕打着
被化肥板结了的黑土
一路火星地穿过东北平原

在胶州湾　我回望了一眼
擦肩而过的二〇一二
一个搞基建的年份

山东在填海
江苏在填海
浙江在填海

还没有进入福建

我和栗色马都病了

可怜巴巴地回忆着草原

狐狸

锡林郭勒草原
已经没有骑马的英雄
几根电线在风中呜呜地
吹奏着苍茫大地
在露天煤矿边
有一个齐腰深的草窝子
我用自己的骨头熬了一锅汤
请来几只失去家园的狐狸

等待欢乐

影子走在了前面
欢乐却落在了后面

影子用力扯我的胳膊
骨头咔咔地响

欢乐还是不紧不慢地
在斑马线上散步

我只好坐在马路牙子上
等待欢乐

把脸切开

我一直盯着镜子
想把脸切开

把嘴搁在非洲
可以吃到没被化肥伤害过的土地里
生长出来的玉米

把眼睛搁在南极
看得见企鹅
又感觉不到冷

把耳朵搁在西藏
听牧民虔诚的天籁之音

把鼻子搁在海南

呼吸被海水搅拌过的风

最后把记忆搁在北京
回味从少年吹到暮年的
黄风

画梦

在梦的边缘
回望梦的深处

梦境是深色的
偶尔有亮光闪动

我试图用毛笔
画自己的梦：

河岸有隐隐约约的农田
农田有隐隐约约的大树
树边有隐隐约约的厂房
厂房的烟囱里冒着隐隐约约的烟

画面的对角线上
也隐隐约约地传来
梦裂碎的声音

咔嚓咔嚓

在克拉玛依
一个废弃的油井里
我听见大地的骨头架子
发出咔嚓咔嚓的声音

荒废

让大地荒废一年
不种水稻不种麦子不种玉米

让大地杂草丛生
藤条丛生　灌木丛生　芦苇丛生

麻雀乱飞　苍蝇乱飞　蝗虫乱飞
鸡鸭鹅狗可以随意奔走

仓鼠和田鼠自由打洞
把家兔赶出去当野兔

不给大地喝农药
不给大地灌化肥

让大地用喜欢的姿势歇一年
没有任何负担地睡眠

这一年　还要给农民双倍的工钱
休闲　旅游　到朋友家喝酒　打扑克

我们受大地恩惠几千年了
该给她一个休息日　舒缓一下心血管

巴音布鲁克

我在长城上画了一幅自画像
画完之后转过身　目视前方

我倒下会压塌了长城
长城倒下会压塌了阴山
露出一望无际的大漠胡杨

即便是遗落在草原上的
一粒羊屎　也能跳起来
变为成吉思汗的卫兵

巴音布鲁克给了我一万条命
每年都有几次
随着草籽萌生

好大的雪

为了统一深秋的杂色
需要一次降温　一场大雪
雪　似乎揣摸出了意图
纷纷扬扬地
涂改了北中国

东北　好大的雪
西北　好大的雪
华北　好大的雪
我都找不到北了
因为　好大的雪

于是我晃了晃脑袋
歪着脖子吼了一嗓子
好——

大——
的——
雪——

我需要一个冬天

我需要一个冬天
属于自己的　完整的冬天

目的地应该在北方以北
因为我来自南方以南

我需要冻僵了的白桦树
扭动干枯而舒展的肢体

还有针一样的冷风
直接注射进神经

一望无际的白雪
一路奔波的疲惫

抖落帽子上的寒霜
噼里啪啦地点燃干柴

热乎乎的炕头
笑盈盈的女人

雪爬犁的铃铛声
会把今生引渡到来世

睡眠不足

别人睡了
我起来写字

别人醒了
我也醒了

别人开会
我瞌睡

别人午睡
我在电脑上下围棋

别人喝酒
我也喝酒

别人接着又去喝酒
我在家里睡眠不足

鱼的灵魂

在北部湾的水面上
一尺以上
密密麻麻地漂浮着
鱼的灵魂
被渔网拖出大海的
鱼的灵魂
被海底公墓拒收的
鱼的灵魂
被人吃进肚子里的
鱼的灵魂
连台风都吹不散的
鱼的悲愤

造梦的我

我的肉身里存活着另一个"我"
身高也是一米七八　体重七十五公斤
不吃饭　不酗酒　也不舞文弄墨

这个"我"占用了我生命的三分之一
重要性却超过了二分之一

死后我会在自己的骨灰盒上贴张字条
写着　火焰焚毁了一个不中用的家伙
唯一可惜的是他的梦境异常出色

忘记

我用二十年的时间
记住了一个四十岁的女人
再用二十年的时间
把她忘记

忘记　忘记
忘　记
忘
记

红楼又梦

每个人的心中
都有几条胡同

昨晚我在胡同里转悠
又转进了红楼梦

林黛玉还是从前那副德行
颦着个眉毛　　胡思乱想

见了我仍然爱理不理
跟她唠嗑也是前言不搭后语

不过黎明前她偷偷发来手机信息：
一朝春尽红颜老　　花落人亡两不知

我估摸着她这次有点要玩真的
赶紧从大观园西侧的小门溜了出去

两只蝴蝶

两只蝴蝶

在池塘边

一上一下地

飞

直立行走的人

把这个场面

演绎成小提琴协奏曲

《屌丝青年梁山伯

和

卖萌少女祝英台》

高纯度的

爱情

难溶于水

摄影

我的镜头选择了公格尔九别峰
山脖子上搭了一条云

山下是草甸子　是水洼　是石头
是觅食的牦牛　几条狗和几只羊

喀拉库里湖前半部是落叶和水草
后半部倒映着连绵的雪山

我的焦点对准了岸边的几个孩子
还有一个为高原奉献了大半生的女人

辑三

我总觉得有一只眼睛在盯着我

乔戈里峰

我踉踉跄跄地站在
登山大本营的
一堆旧轮胎上
面朝雪山
喊了一嗓子
乔——戈——里——
阴沉的男中音
没准能引出
用情专一的
白发魔女

慕士塔格雪峰

白色的岩石悬在空中
慕士塔格雪峰
审判着人类的罪孽

喀拉库里湖的水面
日复一日地倒映着
这个神秘的谜语

千年的迁徙　百年的征战
祖先把苦难留在地面
风吹过牛羊舔过的草尖

人类正在用一百年的时间
挥霍着天地几亿年的孕育
地底的煤　铜　还有不知名的元素

慕士塔格嘎嘎吱吱地支撑

白色的巨石　一旦掉落

地面会沉沦为岩层　人将成为化石

喀拉库里湖破例地暗示：

人类能不能从煤炭的粉末中

识别出上一个轮回里的人类

帕米尔

昆仑山上飞过来的
不只是白云
还有白云的影子

夕阳下挺立的
不只是雪山
还有牧人的毡帽

帕米尔
离天很近
离人很远

这里就是
人类撤离地球
留下的出口吗

不知道外星上的新移民

能不能保留

塔吉克的方言

K 形诗

现在的我正在调试

彩色电视回忆机

按一按遥控器

就能选择到

三十二岁

的时候

漂亮

的

你

是否

也能够

看得见我

胡子拉碴地

坐在操作台前

调试着这台仪器

屏幕图像变得清晰

一形诗

染色的黑珍珠是珍珠流出来的珍珠般的眼泪

麻醉

麻醉以后
我的意识依然清醒

肚子里刺刺拉拉
是在腹腔里切割胆囊

肚皮上似乎蜘蛛在爬
也许这是幻境

医生说：胆囊里装的不是胆量
是身体多余的部分！

我在手术台上自言自语：
今天的股市是升是跌

隔了一分钟　麻醉师不冷不热地说：
跌！

牙

讲笑话
把我的牙笑掉了
一颗
我用
三斤白酒
把它泡在坛子里
取名"苦中寻乐"

三百年后　（我连骨灰都没了）
却在一次拍卖会上
发现了这瓶三百万元的
酒
已经改名
"哭笑不得"

舍利哨子

开始素食
菜谱里尽量增加
微量元素
争取在我的骨灰里
烧出舍利子

遗嘱已经写好
如果烧出舍利
就打磨成哨子
用它能吹奏出
类似猿啼的声音

三位诗人

午夜
仇恨
正点降临

一位诗人
打败自己的影子后
咕嘟咕嘟地喝水

一位诗人
打败自己的影子后
呼噜呼噜地睡觉

一位诗人
打败自己的影子后
咿唔咿唔地抒情

黎明

影子

呼哧呼哧地爬起来

鼓芯

整整一个下午
我都戴着耳机
倾听咚咚的鼓声

鼓声似乎有一个芯
尖锐地刺入我身体的
痛痒之处

鼓手和木匠差不多
锤子落在钉子上
声音四处扩散
是中国几千年来所有的
木匠的辛酸
听得我热泪盈眶

尽管这首打击乐来自
MP3

73

2042 年

2042 年的夏季

我乘高速游轮去洛杉矶

参加孙子的毕业典礼

本应六个小时到达

却在海上堵了一个星期

途中还遇到两次浓缩墨汁的袭击

墨斗鱼嫌海面上的船太多

遮挡了光线直接照射海底

弟弟

1992 年夏天的早上
一个十四岁的男孩
骑着自行车上学
从此在人间蒸发

生和死
在这天模糊了边际

他是到南方流浪
还是有其他原因

我总觉得他是躲在角落里
嬉皮笑脸地看着
家人在苦苦寻觅

我找到那辆自行车

放在走廊的尽头

等待故事的结局

双眼皮的少妇

只能看见你的双眼皮
却看不见眼睛里储存的风光

其实双眼皮也是风光
忧伤的美丽　或者　美丽的忧伤

要是能钻进忧伤里面
或许能分享一路走来的沧桑

陌生的海滩

山的那边是山是山是山是山
海的那边是海是海是海是海
山和海把我挤成一张薄薄的纸片
上的流言蜚语……

死亡证书

我端详我的死亡证书
手写的身份证号码有点像乐谱

死因
感情粗糙导致脑功能衰竭

我在签字栏中写了俩字：
同意

在我哧哧发笑的时候
灵魂驾驶着一股蓝烟
钻出了我的鼻孔

在
遗忘的前面　怀念的后面

孤独的左面　沉默的右面
悲哀的上面　愤怒的下面
敏感的正面　脆弱的反面
又找到了位置

吊脚楼

我在囤积坚硬的木头
准备在山脚下
搭一座吊脚楼

我住在楼上
楼下住着我的摇滚乐队
鸡
鸭
羊
狗

用它们的粪便滋养野花
红红绿绿拥堵门口

不装电视　不通电话　不通网络

储存了足够的烟和酒

累了就用山风按摩
脏了就用山泉洗头

因为山
所以山
陪着这些山一同苍老
吊脚楼在脚下吱吱扭扭

噪音车间

我把家里的阳台
改造成车间
七把榔头　两个老虎钳

一台简易的车床
可以吭哧吭哧地旋转

每当夕阳
给远处的大厦装饰了一个圆
我就拿不同的榔头敲击钢板

愤怒时用愤怒的节奏
烦躁时有烦躁的鼓点

辑四

时代的裂缝

和咸鱼对视

渔村墙上的咸鱼
瞪着眼睛

和咸鱼对视
你能多久
不眨一下眼睛

曾经清澈的眼球
还能回放出
珊瑚礁丛
与海星搏斗的
一段视频

和咸鱼对视
十分钟

我没眨一下眼睛

透过咸鱼的眼睛
能看见空气中
游走的亡灵

第十一分钟
我闭上眼睛
却听见啜嚅的声音：
其实　我是你的妹妹
海星　也是我们的亲戚

海滨凶宅

海边有一栋老房子
夜深人静的时候会传出哭泣声

有钱人不愿买这栋房子
有权的人不敢占用这栋房子
这才保存下来一百多年前的遗迹

人不乐意来的地方
猫和狗也不乐意来
只有饱含盐分的风
天天打扫门窗里的蛛丝鸟粪

木门上有两个虎头铁环
左边的那个展示当年铁匠的手艺
右边的那个守卫着主人的秘密

房子里住过一个城里的女人
曾是个商人的女儿
后来沦落为妓院里的雏妓
老板讨厌她每天哭哭啼啼
就把她卖给三个打鱼的兄弟

三个兄弟共有一条渔船
十几年来在海上生死相依
他们在山脚下盖了这栋房子
就和这个女人住在一起

直到一场百年一遇的台风
海浪同时卷走了三个兄弟

渔村里的长辈说
灾难就是来自这个不祥的女人
当村民包围了这栋房子时
屋子里爆发出撕心裂肺的哭声

哭声一夜未停　天亮的时候
这个女人赤身裸体地跳进海里

这栋房子空了一百多年
因为墙壁录下了当年的哭泣
每到夜深人静的时候
墙缝里就会渗出当年的声音

如今的渔村已经变成了旅游区
进进出出的全是些红男绿女
可是仍然没人拆除这栋房子
都敬畏这哭了一百多年
还没有哭完的悲情

牡蛎墙

我在荔枝树下的吊床上摇晃
眼前是一堵牡蛎壳墙
耳机里流出小提琴曲《梁祝》

海边的夕阳挥洒着各种颜料
我在半睡半醒间
随手剪辑着两个互不相关的故事

牡蛎是怎么恋爱的
粗糙的外壳裹着敏感的纤维
气泡和气泡　传递着细语

几个轻盈的音符飞来
画出西湖的桃红柳绿
相送　走了十八里　还有十八里

牡蛎真的懂得爱情吗

肚脐里的一粒沙

慢慢孕育成珍珠

一组彩色的音阶翩翩起舞

两只蝴蝶　窥视着

平民中发生的悲欢离合

牡蛎被人蘸着番茄酱吃了

留下一堵墙　讽刺生死相依

蝴蝶也飞倦了　在树下蜕变成毛毛虫

云层中慢慢爬出那个

失眠者的月亮

为两个不同的故事　画上一个相同的句号

到雪地里住一个夜晚

四根铁钎　就可以架起帐篷
为什么不到雪地里住一个夜晚
开着吉普车　领着拉布拉多犬

带上铁锤和拐棍　鸭绒被　防冻剂　应急灯
酒　馒头　扑克　打火机还有木炭

花掉了半个月工资　准备了半个月时间
期盼着鹅毛大雪纷纷扬扬的那天

我要了却童年的夙愿
吉普车要经过寒冷的年检
拉布拉多找回遗忘的雪原

重新做一个诗人

就从今天开始
重新做一个诗人
每天照一照镜子
眼睛和眼睛　对视五分钟
检测自己的灵魂

过往的情爱　给风
难释的恩怨　给云
只把仇恨留下　给心
徒步去海边　卫护被切割的沙滩
还有岸上被蹂躏的森林

裸露的黄昏

海滩　褪了一层皮
贝壳留在沙滩上
诱惑还给潮水
波纹扭动着涂满金粉的躯体
落日搂着云层

凉风渗进皮肤
腥味刺激回忆
需要这么一种孤独
默默地凝视海底
琢磨那条赤裸的鱼

我选择了秋季

我选择了秋季
树叶半黄半红的一天
作为自己的节日

买一双厚实的鞋
带足了水
骑上山地车
开始一个人的旅行

寻找一个有风的山口
聚拢一堆干枯的树枝
把毕生的日记全部点燃

让"真我"飞出肉身
听风撞击岩石

发出破裂的声音

这一天到底是哪一天
——去查我的情绪图谱

箱根

现在回想
有多少年了
未曾伸出舌头
舔一舔
空中飘下的
雨滴

在日本
在箱根
在河口湖
在露天温泉
在杂事办完的时候
在一丝不挂的状态

这才品尝到

丢失了多年的

凉凉的

圆圆的

有点咸味的

雨滴

父亲的葬礼

你给了我生命
自己却成了物质

在殡仪馆的冷藏柜里
你面色苍白　双眉紧锁
我跪在你的身旁
抚摩你的手
两个手心之间
再也没有信息传递

你对人类的爱
向来都是用愤怒来表达
我用四十年的误解来等待
就是为了倾听你最后一声怒吼

你以往从不沉默
今天怎么悄无声息
扔下这孤独的世界
陪伴着孤独的我

周围怎么这么静呀
都能听到血流的声音
在我最脆弱的时候
你——离——我——而——去——

火化之后
一切都归于平静
我感到身体增加了一些重量
是不是你把嘱托
遗留给我

大地

劳动了半天　真的很累
把铁锹一扔
像推倒的石碑　中午
我倒在草地上
躺在大地毛茸茸
热烘烘的胸膛

放松肌肉
让骨头不再互相挤压
脱下袜子　鞋
双脚插进草丛里
枕着手臂　望着天空　风把阳光揉成细碎的粉末
抖落在我的脸上
真痒啊　我喜欢
这温柔的游戏

地平线以我为圆心

画了一个不规则的圆

可我不关心周围的事

闭上眼睛

感受着大地松软的肌肉

似睡似醒　　放飞情欲

我觉得全身都在膨胀逐渐变成了绿色

融进无边无际中

腿上长满了植物

胸膛随着山坡起伏

鼻孔是一条小河

只留下一双眼睛

和太阳对视

我只要轻轻地呼吸

天上就出现一朵一朵云

我本来就是自然的一部分

是矿物质　蛋白质　水和糖

化合而成的一个形体　是大地一次又一次收获

给了我记忆

如今又回到最初的形态

重新作为一块

可以生养植物　烧制陶器的泥

存在而毫无含义

一只甲虫爬到我的脸上

我不捻死它

也不打扰它

学会了大地的宽容

静静地猜测

细腿写在我脸上的字

或许能发现秘密

我就愿意这样

无忧无虑地躺在草地上

躺在大地毛茸茸

热烘烘的胸膛

摆脱规律和理性

默默地呼吸

就像身边的草

不知为什么发芽　生长　结籽

草地在我身下静静地蠕动

草根张开脉管

伸进体内　　吸尽所有疲劳

在空荡的躯壳里

注入勇气

从此我不再痛苦

也没有了欢喜

北京

我到处寻找
槐树花下
蛐蛐声里
慢悠悠地
遛弯的北京

却只找到了
水泥丛中
汽车缝里
呼哧呼哧
喘气的北京

纪念碑

我到处寻找当代英雄
可是只找到一座石碑

纪念碑
悄悄地站在秋天的末梢
肩上驮了一片
灰色的云
脚下是落叶
和城市的喧嚣

站在碑前
我对峙着
细密的碑文
也对峙着
内心的呼啸

凉风骤然吹过
焦距慢慢拉开
骑马的勇士纷纷倒下
只留下花岗岩的
寂寥

抓住栏杆
我躺下去
成为石碑的倒影
用那只贴着地的耳朵
伸进泥土里
倾听那些不为人知的玄妙

或者　我站起来
把石碑推倒
让它成为我的影子
两个串联的生命
共同品尝
远古遗留下的
高傲

断齿

牙刷轻轻一捅
半只牙齿应声落地
擦掉灰尘　洗去泡沫　叹息
一小片生命离我而去

原本用于咀嚼
随我欢笑　伴我哭泣
而今只能静卧掌心
和我的手有生与死的距离

我也会随它一同而去
在某年某月某日里
不远了　我已经
闻到泥土和海水的气息

我本来就是物质
是钙　是碳　是水　是泥
生命本来就是一次变异
还伴随着大悲大喜

把这片断齿装在瓶里
灌进白酒　摆上书架
就像爷爷的照片挂在墙上
生一次死一次划一道痕迹

桥

为什么
不把曲线拉直
缩短今世与来生

一座又一座桥
一个又一个梦
在坑坑洼洼的旅途上
激荡着颠颠簸簸的梦

车轮碾过斜坡
发出惊悸的啸声

桥上灯火通明
栏杆上凝固了
历史辉煌的一刻

勇士的臂膀还在扭动

河水闪着青光
流过我的悲痛
哪里去找当代的英雄
只留下
一座桥和一座桥之间的
间隙

辑五

献给镜子里的我

圆号独奏

一束圆形的光柱
和无数条强烈的视线
聚集在金色的号筒上
泛起一层刺眼的白光

声音
从另一个世界
乳白色的晨雾里吹来
湿漉漉的
带来迷蒙的喜悦

速度逐渐加快
鲜明的节奏感和整齐的比例
在无边无际里
建立起秩序：

橘红色的线球

缓缓地滚来

散落出一条条弧形的曲线

然后慢慢地拉直

音域逐渐扩展

曙色里

显现出弯弯曲曲的海岸

礁石

静静地卧在潮水中

一动不动　象征着永恒

一组明快的音符飞来

灵活的海鸥

衔来了童年的欢乐

中音柔和而充满了甜蜜

让人隐隐约约地

回忆起一件

从来没有发生过的往事

一条熟悉的小路
不知道它通向哪里
时间的存在好像完全失去了意义
想象沿着自由的轨迹推移

风　吹乱了孩子们的
头发　令人惊悸
黑云默默地膨胀
天阴得连铁都在抽搐
潮湿了的幻想
"砰"的一声
摔在地上

接下来是久久的静穆
静得
能听见思索哐哐哐的声音

吹号者握紧拳头
伸进号筒
沉闷的阻塞音

像阻塞了的历史一样压抑

胳膊慢慢弯成锐角
肌肉像岩石一样挺立
咬合着的齿轮费劲地转动着
启航的轮船一声声汽笛

纷乱的意象
慢慢地沉淀出一个概念：力量
一次次地重复又强化了主题

星星在夜幕上窥视
黎明来临
洁白的信鸽
在蓝天上画满了问号
色彩斑驳的颤音
在半空中飘浮　寻觅

声音的重量
坠住了躁动的心

奇妙的使命在混乱后耕耘
积木垒成的宫殿倒塌了
雄壮的号角在废墟上进军

强烈的结尾
像一个大力士
又一次把主题高高举起
溅着火星的音块
向四面八方飞迸

紫红色的大幕缓缓落下
如梦初醒的掌声骤然响起
舞台上　圆号
像一个因激动而微微起伏的前胸

送别

晚风　一绺一绺
拨弄你额前的长发
在石膏般的面颊上
雕刻出古老的忧郁

我望着你　最后
用目光吻一下你凄楚的神情
然后摆了摆手
悄然离去……

理解你的悲哀　可我
绝不能为了温馨
丢下诗人的沉思
和手里的笔

地平线吞掉半轮夕阳
你还是盯着我不放
闭上眼睛吧
挡住那些还没出笼的泪

让它们返回心里
化作冰雪消融的小溪
你看　太阳回家了
你也早点回去

既然分别是注定的
那又何必把它拖进夜里
沿着风的方向和我的注意力
一步一步地远离

回到家里你就躺在床上
不要上阳台　不要往回看
我正横穿黄昏向夕阳走去
晚霞中的剪影　苍凉而凄迷

简历

身份证　学生证　工作证
户口　档案　表格　简历
体检表　成绩单　各种鉴定
姓名　性别　民族　年纪
受过什么处分或奖励
有什么特长和突出的业绩

抖落迷迷蒙蒙的灰尘
钻入模模糊糊的字迹
启动隐隐约约的记忆
寻找一个一米七八的身躯

在一个盛夏的中午
书亭前　直立
偶尔的鸣笛声把入神的阅读人惊醒

淡淡一笑

扶了扶眼镜

顺手捡起一枚当啷啷落地的硬币

无名树

荒坡上有一棵孤零零的树
不是杨树柳树槐树松树
没有人知道它是什么树

无名树
无言地直立在荒坡
像一个人
伸着胳膊

重复的岁月直线运行
串起来无数个
相似的白天和相似的夜晚
渴了　就
吸吮着雨水　也吸吮着夜雾
冷了　就

披着风的衣衫　也沐着月亮的光辉

树皮层层剥落
干裂的嘴唇　吻着寂寞
枝干指向天空
擎着天的重量　云的嘱托
无名树
无言地直立着

疾风吹来只能低下头颅
默默地忍受着撕扯
颤抖中只有一个目的
——活着
无名树
无言地直立着

活着——
地下的根须和地面的躯干一样丰富
在顽石和褐土中舒展美丽的肌肤
总有一天也会死去

形成煤　化作烟

但只要活着

无名树

就尤言地直立着

像一个人　伸着胳膊

鸽子

清晨　走出户外
太阳像一个印象派的画家
在天空涂满了鲜色彩

我爬上屋顶
打开房顶上的鸽笼
在没有界限的蓝天里
放出几只洁白的"风筝"

"扑棱棱"地挥动着翅膀
抖落了长夜留下的记忆
早操的士兵
在广阔的蔚蓝里
自由自在地游泳

带着温情

自由地盘旋

把一条条没留下痕迹的曲线

画满城市的上空

悠长的鸽铃声

洒进晨雾里

洒在绿叶上

洒入太极拳缓慢的节奏

洒落在婴儿车上

孩子们的瞳孔中……

我站在房顶上

手里挥舞着一面旗

尖声地呼唤着

你

二十四岁

和夜幕一同降临大地
奶瓶是生活中第一个真理
摔了跟头从不大声哭泣
在童话的小巷里爬来爬去
接过姐姐用旧了的书包
把老师的每句话都记在心里
对着镜子戴上鲜艳的红领巾
为了做好事交出自己的橡皮
逼着妈妈做一件黄色军衣
整天背着慷慨激昂的词句
给大胖子戴上一块沉重的木牌
用弹弓打碎教室的玻璃
撕一筐大字板换来几支香烟
得意地哼着十年前的流行小曲
摸起一本不经选择的书籍

常常向字典索取迷人的诗句
几瓶好酒把档案邮进了工厂
出了废品一点也不觉得可惜
世界地图面前一声惊呼：咦
桌子上堆满了历史地理
美滋滋地把校徽别在胸前
午睡的时间全都交给了自习
在知识的海洋里苦苦寻觅
企图用语言求证生存的意义

一天

在妈妈的呼声中慢慢爬起

对着收音机嘟哝几句

一看见粥就心情忧郁

自行车在人缝里钻来钻去

提前十分钟走进教室

迅速地浏览一遍当堂的讲义

边读小说边做课堂笔记

往往留心老师题外的话语

躺在一个没人的角落里复习

用红笔在书上做了许多标记

把读报当作一种休息

敏感地综合着大大小小的消息

和同学争论一个很难弄懂的问题

闲谈中对鄙俗丢出几个挖苦的词语

晚饭后总是一个人散步

用目光审视着街头的少男少女
看过电影激动了很久
习惯地用逻辑梳理纷乱的思绪
二十二点准时写一篇诗体日记
临睡前忘不了锻炼身体

爸爸

爸爸
从你皱巴巴的脸上我看到秋日的平原
一条条的黄土大道伸向遥远的天边
困倦的夕阳从柳叶上收敛最后的光线
只有温柔的高粱用红缨轻拂着傍晚
爸爸
我该怎么办

爸爸
从你粗糙的手上我看到僵硬的山峦
嶙峋的岩石静静地磨砺着缓慢的时间
深绿的青苔把泉水映得格外幽暗
只有向阳坡上偶尔出现几棵挺立的松杉
爸爸
我该怎么办

爸爸

从你混浊的眼球上我看到城市的夜晚

一串串的路灯和阴影争夺着有限的空间

黑色的大厦像远古化石一样沉默无言

只有天空中偶尔会有流星倏忽一闪

爸爸

我该怎么办

爸爸

望着你花白的头发和日渐苍老的容颜

我的心像沉在水洼里的光影一样抖颤

你素有的勤劳和善良依然把明天呼唤

一切就这样过去了？满身枪伤　一生苦难

爸爸呀

我到底该怎么办

136

献给镜子里的我

——我紧紧地盯着镜子里的我　镜子里的我也紧紧地盯着我

既然童心已被弹弓射进灰蒙蒙的湖里
青春正从嘴角的香烟上慢慢散去
生活的泉水过早地在额头上留下了小溪
孤独成了那件贴身的白色衬衣
噩梦常常按动白天和黑夜的键盘
杂乱的思想永远也找不到运行的轨迹
飘起来的风筝终究要落地
烧不尽的杂草依旧萋萋
只有结果　没有原因
只有动作　没有动力
那么还用不用伸出瘦弱的手臂
化作一道无力的小堤

或许恋人的隐瞒并不一定是相欺
朋友的冷淡也没有敌意
父辈脸上的皱纹还没延伸到瞳仁
儿童的笑容不用拌糖也还甜蜜
闪电的光芒虽然只是瞬息
可漫漫长夜终将被路灯代替
冻结的大脑里也能捞出颤抖的回忆
三十七度的体温会烤干潮湿的土地
过去了的不只是过去
信念有超出信念的意义
那么　来吧　我们手挽起手
来呀
我——等你

火柴

一

暗室里
我把一支火柴擦燃
这一豆橘红色的光焰
竟使满屋子黑暗连连抖颤

二

我喜欢
把一支火柴擦燃
默默地
看着它烧完
这一寸长的生命
从头到尾都有火焰

秋

秋风
吹裂了心的形状
枫叶理解
慢慢地变红

空中之叶
上下翻飞
风的女儿
风的作品

腐烂　或者
幸运地做了书签
就像厚厚的档案柜里
一个逝者的名字

叶

秋风里
我把一片枫叶拾起
绿色的军衣上
沾满斑驳的血迹

那面呼啦啦飘响的
战旗下
如今只剩
——战士的尸体

不要对过去
随便地忘记
——秋风里
我把一片枫叶拾起

轻轻地把它揉成碎片

挥臂一扬——埋葬在风里

风　会把落叶的故事

谱成一支悲壮的歌曲

红了

晚霞的脸红了
因为她怀里揣着一个夕阳
我的脸也一定是红了
因为我心里有一个可爱的姑娘

我真想

我真想
真想化作一缕阳光
每个清晨
都钻进你那明亮的小窗
用毛茸茸的手指
轻轻地在你未醒的脸上挠痒痒

我真想
真想变为一股花香
每个夜晚
都潜入你那静静的小房
用轻盈盈的身体
紧紧地粘住你睡前的幻想

我希望

我希望
我是一首歌
轻轻地　轻轻地
从少女的口中滑过
最好
在她默想心事的时候
无意中哼出了我

我希望
我是一条河
静静地　静静地
不泛起一丝清波
最好
她每天把身影映在水面
达到灵魂间美妙的结合

游泳

你眼睛那么大
黑色的瞳仁那么深
我真想跳进去游泳
啊！已经跳进去了
——我的身影
——我的灵魂
合上眼睛吧！
收下我这颗跳动的心

时间

姑娘
你是不是一支彩笔
只要我和你在一起
时间就被染成一段新绿

姑娘
你是不是一支短笛
只要我和你在一起
时间就被吹成一段旋律

飞蛾

姑娘
请推开你的小窗
在这漆黑的夜里
有一只飞蛾
正向往着你屋里的灯光

明天

"砰"地把门一关
你躲开了我
和为爱情而降的夜晚
姑娘
你可以躲开我
可是你躲不开
那如期而至的明天

月亮

拿出你的小镜子
收取那天上的月亮
它会告诉你
今夜
又是我失眠的晚上

信

我把你的信撕了　姑娘
我站在山顶上
让风把那雪花般的碎片
吹得纷纷扬扬
既然爱情是珍贵的
就让这洁白的种子
随风散播向四面八方

我请求你

我请求你
请你不要吹口琴
那断断续续的风呀
累坏了我的心

你一直都是我的心痛

窗外风景不停地变换

鹅黄转成嫩绿

嫩绿演绎浅红

只有你没变

你一直都是我的心痛

孤独

孤独吧

不会孤独

那是还没有学会思索

要学会一个人散步

踩着遗落在地上的车铃声

看　路边窗栏上挂满了衣服

街头的少女把领口敞开着

背着风

点燃一支烟

倚着电线杆观察熟悉和陌生的脸孔

沉默

世界　平躺在面前

白天和黑夜分割着时间

美和丑还没有最后的定夺
平凡的空气形成了自由的风
高山和河水记录痛苦与欢乐

无论在哪里
哪里都为生存而奔波
泪水只能悄悄地流
心语只能对镜子诉说
没有叹息　没有犹豫
也没有其他的选择

学会孤独　也要忍受冷漠
忍住平凡的日子被风一叶一叶吹落
也忍住激动人心泪水欲出的时刻
以平淡来回答讥讽
以微笑来对待鞭策
用蛇的委曲狗的忠诚兔的闪躲
遮掩住内心坚不可摧的执着

孤独的时候

就一个人散步

躲在眼镜后面感知外界

与躁动的灵魂握手言和

汽车疾驰而去

人流缓缓而过

孩子们在嬉戏

老人在咳嗽

歌声　笑声　炒菜声

天的蓝　草的绿

喧嚣的世界汇聚内心的沉默

孵化出一群洁白的信鸽

呼啦啦飞出大脑